선배의 도서관

– 마음으로 쓴 소중한 메시지

루시아 신 지음

도서출판
청어

선배의 도서관 – 마음으로 쓴 소중한 메시지

루시아 신 지음

발 행 처·도서출판 청어
발 행 인·이영철
영   업·이동호
홍   보·최윤영
기   획·천성래 | 이용희
편   집·방세화 | 김명희
·디 자 인·김바라 | 서경아
제작부장·공병한
인   쇄·두리터

등   록·1999년 5월 3일
(제321-3210000251001999000063호)

1판 1쇄 인쇄·2015년 12월 5일
1판 1쇄 발행·2015년 12월 15일

주소·서울특별시 서초구 효령로55길 45-8
대표전화·02-586-0477
팩시밀리·02-586-0478

홈페이지·www.chungeobook.com
E-mail·ppi20@hanmail.net
ISBN·979-11-5860-375-5 (03810)

이 도서의 국립중앙도서관 출판시도서목록(CIP)은 서지정보유통지원시스템 홈페이지
(http://seoji.nl.go.kr)와 국가자료공동목록시스템(http://www.nl.go.kr/kolisnet)에서 이용
하실 수 있습니다.(CIP제어번호: CIP2015030155)

선배의 도서관

– 마음으로 쓴 소중한 메시지

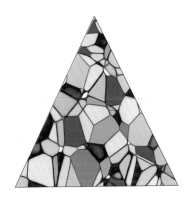

　이 책은 젊은이들, 그리고 약자들을 위한 인생의 참고서입니다.

　자신의 인생은 자신의 한정품입니다.
　누구나 가장 잘 알고 있으면서도 애매모호한 것이 인생입니다.
　특히 이 시대를 살고 있는 젊은이들은 이 세상의 '모순'이라는 큰 괴물을 안고서, 힘들고 복잡한 세상을 뼈저리게 느끼면서 살고 있습니다.

　그러나,
　나폴레옹이 '내 사전에 불가능은 없다!'라고 외쳤듯, 인간이 할 수 있는 일은 찾아보면 얼마든지 있다는 것을 제 약 30년간의 체험을 통해 느꼈습니다. 누구나 나름대로 다 할 수 있게 되어 있는 것은 인간이 가진 특권이라면 과언일까요?

젊은이들에게 나라의 내일이 달려 있습니다. 젊은이들에게 최강의 무기는 시간입니다. 그 시간을 넓은 감수성을 가지고 사회의 변화에 대응하여 적절한 판단을 하면서 인생의 문제를 해결해가길 바랍니다. 당당하게 자신감을 가지고 자기 장점을 발휘해서 인생을 균형 있게 파헤쳐 나가길, 그리고 점에서 선이 되어 먼 훗날 면이 되길⋯⋯.

　이 메시지는 주관적 가설뿐만 아니고 객관적인 사실을 엮어 만들었습니다. 또한 세계적인 베스트셀러 그리고 현역에서 한 걸음 물러서신 분들의 글을 접하면서 가슴 깊숙이 공감을 낀 글들을 배경으로 썼습니다.

　지루하지 않고 쉽고 간단하게 상황에 맞추어, 알고 싶은 것을 참고서에서 답을 찾아보듯이 읽어 보시기

바랍니다. 특히, 마음이 위험수위까지 올라왔을 때 참고로 하셨으면 합니다.

이 책을 통해 한 사람이라도 '바로 이것이야' 하면서 조금이라도 삶의 플러스(+)가 된다면 인생의 선배로서 감개무량하겠지요.

여러분의 앞날을 진심으로 응원합니다.

十月吉日
지은이

contents

나는 어떻게 될까?
나는 어떻게 되고 싶을까?
나는 어떻게 하면 좋을까?

그것은 자신에게 달려 있지요.

01
현재를 소중하게 여기면서 산다

현재를 소중하게 여기고 미래를 향해 행동하면, 마음이 밝아지고 건강해진다.

몸이 활발하고 기분이 유쾌하면 무엇이든지 할 수 있게 된다.

마음이 건강해지면 인생도 잘 풀린다.

밝은 마음에 신이 깃들어 복을 부른다.

앞날만 신경 쓰다 현재라는 시간을 소홀히 여기면 미래는 열리지 않는다.

매 순간 현재라는 시간을 충실하게 산다.

과거에 사로잡히지 말고 현재를 산다.

지금 필요한 일을 즐겁고 소중하게 하다 보면, 내일은 오늘보다 더 나은 내가 될 수 있다.

쓸데없는 생각에 불안해하지 말고 현재를 열심히 살아간다.

미래에서 보면 현재가 가장 젊을 때다.

현재를 소중하게 살아가면 바람직한 미래를 열어가게 된다.

행복은 현재에 있다.

02
미래는 스스로 만들어가는 것,
예측할 수 있는 것이 아니다

나의 지금과 내일의 모습은 나의 사고방식과 인생관에 달렸다.

나의 바람직한 모습, 하고 싶은 일을 구체화하여 목표를 설정하여 노력하면 어떤 큰일이라도 실현 가능성이 높아진다.

어떤 미래가 펼쳐질지 생각하지 않으면 새로운 일에 도전할 수 없다.

사람은 자신이 생각하는 것과 같은 사람이 된다.

상상한 것이 그대로 나의 인생을 만든다.

좋은 생각을 하는 사람에게는 좋은 인생이 펼쳐진다.

마음속에는 끌어당기는 자석이 있다.

먼 미래만 바라보다가 발밑을 소홀히 하지 않도록, 그림의 떡이 되지 않도록 주의한다.

미래가 '어떻게 될까'가 아니라 '어떻게 할까'를 생각하고 끈질기게 노력하면 언젠가 반드시 길이 열릴 것이다.

매일의 사고나 행동의 습관이 인생을 형성한다.

착실하게 노력하는 사람을 하늘은 반드시 지켜보고 있다.

03
무엇을 위해서 살고 있나

즐겁게 살기 위해서다.

재미있는 일을 하기위해서 살아간다.

마음에 꽃을 피우고, 항상 새롭게 살아가는 것이 즐겁다.

신념에 지배되면 놀랄 일이 없어진다.

현재의 운명을 거역하는 일은 불가능하지만, 운명을 가능
하면 유리하게 조절하는 일은 가능하다.

그렇게 미래를 향해 살아갈 수 있다.

서두르지 말고, 포기하지 말고, 달아나는 일 없이 밝게 무
언가의 문제를 해결하면서 살아간다.

또 하나의 나와 의논하면서 내게 부족한 것, 내가 할 수 없
는 것은 도움을 받는다.

살아간다는 것은 배우는 것이다.

자신을 성장시키고 능력을 향상시키기 위해서 살아간다.

잘 살기 위해서는

자신의 분수를 알아야 한다.

자신의 장점과 단점을 전부 파악해서 균형감각을 기른다.

눈앞에 주어진 일을 즐기면서 성의를 다하고, 때로는 게으름을 피워도 스스로 선택한 책임을 자각하고 실행하면 결코 잘못된 인생을 보내지 않는다.

겸허하게 현명하게 기술보다도 감각을 갈고 닦는다.

무리하게 자신을 강하게 보이려고 노력하지 말고, 약점을 감추지 말고, 나답게 바꾸는 노력이 효과적이다.

약점을 감추려고 하면 인생은 괴로워지지만, 약점을 극복하면 괴로움이 사라진다.

바르게 생각하고 자신의 장점을 활용하면, 당황하거나 망설이는 일이 없어서 살기 쉬워진다.

05
살아가려면 테크닉이 필요하다

자기중심적으로 움직이지 말고 인간관계와 함께 움직인다.

YES는 간단하게 말할 수 있다.

NO는 확고한 자신감이 없으면 말할 수 없다.

어려운 문제는 '투지'를 불태우며 몰두하고, 신의가 두터운 헤드헌터와 좋은 관계를 구축한다.

최첨단의 지혜를 빌릴 수 있으면 마음의 엔진이 회전할 수 있다.

'그건 아니다'를 줄이고 '그렇다'를 많이 사용한다.

센스를 연마하는 것이 무엇보다 더 중요하다.

컴퓨터보다 감이 중요하다.

살아간다는 것은

　달리는 열차처럼 두 개의 레일 위를 달리는 것이라고 생각한다.

　하나의 레일은 현실 세계의 레일.

　또 하나의 레일은 마음 세계의 레일.

　균형이 나쁘면 잘 살 수 없다.

　두 개가 성립되지 않으면 탈선하게 된다.

　내면과 외면의 균형이 잘 잡힌 사람은 강하다.

　약한 부분이 있으면 극복하는 데 인생의 의미가 있다.

　신념과 의지를 가지면 강해질 수 있다.

　조수간만이 변하면 험악한 국면도 나오지만 그때는 그때대로 문제를 해결하면서 산다.

　죽느냐 사느냐 이것이 문제로다. - 햄릿

살아가려면 테크닉이 필요하다

자기중심적으로 움직이지 말고 인간관계와 함께 움직이자.
'그건 아니다'를 줄이고 '그렇다'를 많이 사용하자.

마음의 자세, 마음의 그림은

눈에 보이는 사실보다 중요하다.

사람은 마음의 자세를 제어할 수 있다.

긍정적인 마음 자세를 가진 사람의 인생은 밝고 즐겁다.

더러운 창문 같은 마음, 부정적인 마음은 부정적인 결과를 낳는다.

결국 마음속으로 생각하는 존재가 된다.

인생은 10퍼센트가 자신에게 일어난 일이고, 남은 90퍼센트가 그 일에 대한 자신의 반응이다.

새로운 시선으로 '뭐든지 마음먹기 나름'이라는 사고방식에 따라 사물을 보는 시선이 변하게 된다.

마음은 풍요롭지 않으면 안 되나 비대화된 상태로는 자기만족에 빠져서 방향성을 잃으므로 주의가 필요하다.

마음의 눈과 귀에 숨겨진 보물을 찾아낸다.

마음의 자세가 변하면 인생이 변한다.

안정된 마음은 강하다.

사람은 마음의 그림으로 사물을 생각한다.

마음속으로 그린 사물에 필요한 노력과 신념이 주어지면,
언젠가 반드시 실현되어 인생에 나타난다.

창조적인 상상력, 잠재의식은 마음의 힘으로 그것을 현실의
것으로 받아들이고 반응한다.

잠재의식의 창조력은 무한의 힘을 가지고 있다.

뜻밖의 곳에 신의 힘이 존재한다.

100퍼센트 내가 좋아하는 것으로만 둘러싸이면 위험하니,
20퍼센트는 새로운 것을 받아들일 여지로서 남겨둔다.

마음의 그림은 꿈을 지탱할 수 있다.

08
마음먹은 대로 사는 인생

자신의 영혼에 충실한다.

꿈을 그린다.

나를 믿는다.

능력을 기른다.

지금을 소중하게 여기며 살아간다.

명확하게 구별된 미래를 그리는 것과 동시에 자신의 장점을 활용하면 살아가기 쉽다.

위대한 일을 차례차례 이룩하는 사람은 감정에 좌우되지 않고 자신의 감정을 의도적으로 조절할 수 있다.

올바른 계획을 세우면 인생은 반드시 잘 풀린다.

행복한 인생을 보내기 위해서는

감정을 조절한다. (마음이 평화로우면 무엇이든지 즐겁다)

나와 남에 대해 아는 게 중요하다.

몸과 마음이 건강할 것.

가끔 혼란에서 떨어져 본다.

자연을 바라보며 감성을 기른다.

상황판단을 한다. 진지하게 생각해도 심각하게 생각하지 않는다.

가치 있는 목표를 발견한다.

좋은 친구를 사귄다.

좋은 파트너를 둔다.

정신적으로, 경제적으로 자립한다.

행복이란 내일이 아니라 오늘을 추구하는 것이다.

진정한 행복

나를 아는 사람이 행복해진다.

나의 세계관을 확립해야 인생의 힘을 나눠줄 수 있다.

행복한 기분을 느끼면 무슨 일이든 잘 풀린다.

원하는 방향으로 직접 길을 만들어 나아가면 꿈을 이룰
수 있다.

나답게 사는 것이 가장 중요하다.

나의 생활이 충실해야 인생의 보람과 기쁨이 늘어난다.

일생에 얼마나 많은 마음의 저금통을 만들었는지, 감동의
주머니가 부푸는 일을 했는지 생각해본다.

영혼을 뒤흔드는 감동이 있어야 인생은 풍부해진다.

진정한 행복을 느낄 수 있다.

11
충실한 인생은

무언가를 달성하기 위한 소비의 시간이다.

생산하는 시간이 아니라 재미있는 일을 하기 위한 시간을 보낸다.

지금 이 순간을 소중하게 여기면 인생의 모든 것이 충실해진다.

'ON'도 'OFF'도 없는 한순간의 경험이 인생을 만든다.

매일 매일의 생각과 행동의 습관이 인생을 형성한다.

미래를 설계하면 의욕이 높아진다.

자기실현의 길을 개척하는 충실감으로 연결된다.

평생 동안 흘린 땀을 믿으면 충실한 인생이 된다.

최고의 인생

무언가를 달성하고 싶다면 재미있는 일을 한다.

인생에 즐거운 씨앗을 뿌린다.

만족을 뛰어넘은 기쁨을 맛보는 것은 평생 얼마나 많은 쾌락을 맛볼 수 있는가에 달려있다.

쾌락의 총량은 정해져 있다.

분노를 줄이고 기쁨을 늘린다.

괴로운 일이 생기지 않도록 예방주사를 맞고 행복의 바람을 끌어 모아 행복균에 감염되게 한다.

구름을 뚫고 파란 하늘로 나가도록 한다.

무언가 자신이 좋아하는 일을 해서 세상을 위할 수 있으면 최고의 인생이다.

13
온화하고 우아한 인생

바로 반응하는 버릇을 버린다.

순간온수기가 되지 않도록 주의한다.

본질을 파악하는 지혜는 올바른 일을 하게 만든다.

남을 먼저 느끼는 좋은 감정은 자신의 능력을 이끌어낸다.

선두에 나서는 용기는 과제를 해결하는 힘으로 이어진다.

작은 일에 우물쭈물하지 않는다.

고민을 눈덩이처럼 키우지 말고 노력, 인내, 지혜, 이 세 가지만 갖추면 무서울 것이 없다.

80퍼센트의 힘으로 느긋하게 살아가며 여유를 만든다.

분노의 감정이 감지되면 '하나, 둘, 셋' 세어본다.

진정한 행복

원하는 방향으로 직접 길을 만들어 나아가면
꿈을 이룰 수 있다.
나답게 사는 것이 가장 중요하다.
영혼을 뒤흔드는 감동이 있어야 인생은 풍부해진다.

14
인간에게 필요한 것은

인생의 기본을 알고 당연한 일을 하는 것.

돈, 건강한 신체, 상냥하고 풍요로운 마음, 이 세 가지가 갖추어지면 원하는 것을 이루기 쉽다.

균형 감각이 정상적으로 작동하는지 가끔 확인해본다.

녹이 쓴 스위치를 교환하면서 지혜주머니 같은 존재가 된다.

ㅁ살아가는 생계(生計).

ㅁ신상을 계획하는 신계(身計).

ㅁ가정을 유지하는 가계(家計).

ㅁ늙어가는 노계(老計).

ㅁ죽어가는 사계(死計).

시기와 질투의 마음을 품은 사람은 스스로의 인생을 어둡게 만든다.

힘들다고 생각하겠지만 사실은 그렇지 않다.

15
인간의 영혼은

신체에 깃들어 마음의 작용을 관리한다.

인생은 인간성을 길러 마음을 넓히는 과정이다.

정신과 기력이 영혼을 채운다.

마음 깊이 숨겨진 무의식이 인격의 핵심이 된다.

악한 것과 선한 것을 구별한다.

인간은 천사의 마음은 물론 악마의 마음도 함께 가지고 있
는 생물이다.

인간의 본성에는 남을 증오하는 감정이 도사리고 있다.

위대한 영혼에는 의지가 깃들고, 나약한 마음에는 소망이
깃든다.

16
인격

인격은 '성격+철학'이다.

마음을 밝게 가지고 인격형성에 도움이 되는 일을 한다.

뇌를 마사지하고 세탁한다.

인격을 갈고 닦은 사람은 뜻하지 않은 혜택을 얻는다.

열심히 노력하여 인격을 높이는 것은 가치 있는 인생의 훈장이 된다.

사람을 칭찬할 때는 인격을 칭찬하고, 사람을 꾸짖을 때는 행위를 꾸짖는다.

체면이 구겨졌을 때야말로 그 사람의 품격이 나타난다.

여유를 가지고 자신의 인격을 높이는 행동을 한다.

17
인간의 도리

도리는 올바른 인간의 길이다.

하늘에 있는 해와 달처럼 시종일관 뚜렷하다.

사람은 인도라는 중요한 개념이 따로 있다.

보신만 중요하게 여기는 사람에게는 인간의 한계, 인생의 한계가 있다.

얄팍한 사람에게는 얄팍한 운명밖에 찾아들지 않는다.

도리에 맞게 행동한다.

양심을 가진다.

최소한의 윤리를 가진다.

마음이 흔들리지 말고 사람의 길에서 벗어나지 않도록 산다.

인생의 진정한 의미를 깨닫고, 자기 분수를 알고 살아간다.

올바른 것보다 배려를 선택한다.

18
관용

관용이 없는 환경에서는 미래가 태어나지 않는다.

법률과 상식으로 묶어 고통을 주는 것보다 내일을 위해서 도움이 될 수 있는 일을 생각한다.

몰아세우는 것은 좋지 않다.

현실에서 눈을 돌려 생각을 멈추지 말고, 저변이 넓은 의논을 시작한다.

냉정하게 발밑을 바라본다.

불만을 모아서 만족으로 바꾼다.

잠재적 불만은 '마그마' 상태가 된다.

사물을 본질적으로 이해하려면 전체를 꿰뚫어볼 필요가 있다.

여러 각도에서 사물을 생각할 수 있는 커다란 도량이 필요하다.

나도 시시한 데가 있다.

당신도 시시한 데가 있다.

우리 모두 시시한 데가 있다.

19
건전한 정신

사람을 사랑할 수 있다는 충실감을 맛보는 일이다.

압력에 유연하게 대처할 수 있는 것이다.

자신의 약점과 장점을 파악하고 받아들이는 일이다.

타인을 존중하고 그 중요성을 이해하는 것이다.

적극적, 건설적이어야 한다.

건전한 정신문화는 인간성을 높여준다.

20
인격을 높인다

지혜: 지식보다 지혜가 중요하다.

마음: 인생은 마음을 향상시키는 과정.

건강: 병은 음식, 사고방식 때문에 생긴다.

가끔 삶의 기반을 정비하는 균형노트를 작성해본다.

겉과 속이 일치해야 인격이 향상된다.

의욕, 능력, 배려를, 자랑하는 것이 아니라 은근하게 어필하는 힘을 기른다.

강한 사람일수록 인생의 폭이 넓고, 머리가 유연해서 사물을 다양한 시점에서 볼 수 있다.

실력으로 살아가는 사람은 고정관념을 가지지 않는다.

고정관념을 가진 사람은 자신의 인생을 시작할 수 없다.

나의 내부에서 한 발자국 물러난 곳에서 지켜보는 나를 기르는 것이 중요하다.

당연한 일을 확실하게 할 수 있을 때, 남보다 반 발자국 앞을 볼 수 있는 사람만이 강한 인격을 가질 수 있다.

21
인간의 기본 가치

건강, 안정, 존경, 인격, 자연과의 조화, 우정, 여유라는 인간의 일곱 가지 가치가 있다.

이 기본 가치를 갖추어야만 풍요로운 사회에서 행복하게 살 수 있다.

사람이 살아갈 때 어떤 일이든 기본 원칙을 가지고 기본 원칙에 따라서 생각하고 행동하는 것이 중요하다.

그렇게 하면 나 자신을 바꿀 수 있다.

충실한 오늘을 쌓아가는 것이 인생이다.

22
가치관

나와는 다른 사람의 존재를 자연스럽게 받아들이는 자세가 중요하다.

타협이 아니라 서로 인정하면서 내 주장이 받아들여지도록 제안한다.

사람마다 차이가 나는 것은 당연한 일이며, 자라온 환경이나 배경도 다르다.

일치하지 않는 곳이 많기 때문에 용감하게 한 발자국을 내딛는 것이 중요하다.

'대화를 나눠보면 이해할 수 있다'라는 말은 서로 대화를 한다고 해서 반드시 한쪽의 의견에 찬성해주는 것이 아니다.

인식의 격차가 있다.

그러나 거기서부터 해결의 실마리나 심도 있는 의논을 할 수 있는 단서가 보인다.

다양한 가치관 아래서 강인하게 살아남아서 내 인생을 충족시킨다.

개인은 애초에 서로 다른 존재이다.

돌은 돌대로, 다이아몬드는 다이아몬드대로, 크리스털은 크리스털대로 나름의 사용처가 있다.

다양성에서 발생한 화학반응은 독창성을 낳는다.

억지로 밀어붙이지 않는 것이 중요하다.

처세의 근본

세상을 어떻게 상대할까.

나만 청결해선 아무런 소용이 없다.

즉, 자기만족주의는 안 된다는 뜻이다.

항상 어느 정도의 더러운 때를 허용할 수 있는 도량을 키운다.

큰일은 이치를 따져서 정하고, 작은 일은 정으로 대처한다.

벌거벗은 임금님이 되지 않도록, 분식결산을 하지 않도록, 올바른 사고회로를 가진다.

바겐세일이 아니므로 경솔하게 말을 하지 않는 마음가짐이 중요하다.

24
세상

내 마음대로 되지 않는 것이 세상이다.

인생에는 빛도 어둠도, 희망도 절망도 있다.

인생은 회색이다. 불합리하기 때문에 세상이 돌아간다.

흑백논리로 사물을 가르는 것은 마음이 미성숙하기 때문이다.

내 뜻대로 되지 않기에 의미가 있다.

커다란 허용성이 없으면 장본인이 살아가기 힘들다.

사람의 생각은 전혀 예상할 수가 없기에 세상에는 모르는 것이 더 많이 있고, 모르는 것이 도움이 될 때가 있다.

다양한 세계를 인정하고 살아간다.

나에게 가능한 범위의 일을 하면 된다.

한쪽 구석에 빛을 비출 수 있도록 한다.

북풍을 맞아도 양식, 상식을 가지고 현실을 인식한다.

세찬 바람이 불기 때문에 강인한 풀을 알아볼 수 있다.

입장을 잊으면 간단히 곤경에 처하게 된다.

세론(世論)은 감정적이고 여론(與論)은 이성적이다.

균열이 발생하는 것은 당연하고, 나쁜 소문은 자신에서 멈추게 한다.

악인은 하늘의 그물에 반드시 걸리게 되어 있다.

부정적인 사건에 긍정적인 의미를 붙인다.

인생의 절반은 포기하면서 살아간다

진심을 다해서 살다보면 영혼의 깊은 부분이 채워진다.

진심을 다해서 살아갈수록 포기도 늘어난다.

포기했기에 괴로운 것이 아니라 거기서 의미를 끌어낼 수 없어서 괴로운 것이다.

의미를 끌어낼 수 있으면 사람은 어느 정도 고통을 견딜 수 있다.

은근히 희망을 가지고 살아가면서 절반은 포기하는 것이다.

부지런히 노력하며 서로를 라이벌로 존중하고 성실하게 살아간다.

입 꼬리가 10도 올라가면 인생이 변한다.

미소의 꽃을 피워본다.

호의를 보내면 호의가 돌아온다.

사람의 마음은 거울이다.

안 된다고 자신을 몰아세우면 피로나 고독이 늘어나 마음의 병을 불러오므로 주의한다.

최선을 다했다면 나머지는 하늘의 뜻에 따른다.

26
인생은 불평등하다

인생은 불평등하다는 것을 알아야 한다.

결코 공평하게 되어 있지 않다.

그러나 누구에게나 반드시 '기회'가 찾아온다.

기회를 잡으려면 준비가 필요하다.

적극적인 태도를 가지면 기회를 잡아 실현할 수 있다.

이론을 늘어놓지 말고 앞으로 나아간다.

'왜'가 아니라 '무엇'을 생각한다.

세상과 원만하게 지내기 위해서다.

받은 권리는 사용한다.

부정적인 생각은 흘려버린다.

지혜와 상식이 보답을 해줄 것이다.

미래를 위해 현재에 어떻게 지내야 할지 생각한다.

인생의 승패

승리에는 불가사의한 승리가 있지만 패배에는 불가사의한 패배가 없다.

강한 상대와 정면으로 싸워서 내가 위험에 처할 가능성이 있다면 공존의 길을 모색하는 것이 현명하다.

건설적인 미래를 지향하기 위해서 서로를 북돋는다.

이기려면 '순서'를 알아야 한다.

남보다 좋은 예감을 많이 가진 인간이 이기게 된다.

전략의 중요성은 전체의 5퍼센트, 95퍼센트는 실행에 달렸다.

인생에서 이긴다는 것은 자기 본래의 감정에 맞는 나날을 보내는 것이다.

자신에게 어울리는 생활을 통하여 자신답게 살 수 있으면 충분하다.

3보 전진, 2보 후퇴가 인생에서 반복될 때마다 자신을 다잡는 자세가 필요하다.

28
타인과 비교하지 않는다

내가 잘 해내고 있을 때는 나와 타인을 비교하지 않게 된다.

사람은 약해도 사랑받는다.

중요한 것은 정직함이다.

약한데 강한 척하기 때문에 미움을 받는다.

아무것도 할 줄 몰라도 사랑을 받을 수 있다.

할 수 없으면서 할 수 있는 척하기 때문에 환멸을 느끼게 된다.

감정을 드러내는 편이 사랑받고 무리하지 않는 편이 사랑을 받는다.

무리하지 않는 사람일수록 강해질 수 있다.

나는 나 자신으로 충분하다.

지나치게 고민하지 않는다.

남은 남, 나는 나이다.

시샘하지 않는다.

유유상종(類類相從)

29
운명공동체

유유상종(類類相從).

운이 없는 사람을 가까이 하면 내 운까지 나빠질 수 있다.

일종의 숙명이다.

절도 있는 행동, 올바른 자연관과 인생관을 가지는 것이 중요한다.

내가 누군가를 감싸주면 누군가가 나를 감싸줄 것을 생각지 말고, 내 몫을 완수한 다음에는 다른 무슨 일이 가능할지 찾아내도록 한다.

사람을 움직이게 하려면 달콤한 가설만으로는 통용되지 않으므로, 가설에 이르기까지 객관적인 사실의 축적이 중요하다.

운명에는 빌린 것과 빌려준 것이 있다.

즐거운 씨앗을 뿌리면 좋은 일이 생긴다.

할 수 없이 살아서는 안 된다.

사람은 논리로 움직이는 것이 아니라 감정으로 움직인다.

감정을 긍정적인 사고로 바꾸면 평화로 이어진다.

30
인간관계는

성냥상자처럼 함부로 가지고 놀다가는 다치게 된다.

지나치게 중시하는 것은 어리석은 짓이며 원만하게 살기 위해서는 배려, 관심이 인간의 기본이다.

사람은 누구나 풍요로운 인생을 보내기를 바란다.

입장이 다른 사람과 대화하고 이해하고 협조하는 것이 중요하다.

남이 던진 공을 전부 받아내진 못한다.

다양성을 수용할 때 마음에 들지 않는 사람이 있어도 배제하지 않는다.

네트워크를 만들어 가는 것이 중요하고, 비공식적인 커뮤니케이션도 필요하다.

상대방에게 어울리는 태도를 취하고, 말해서는 안 되는 일을 지나치게 깊이 고민하면 숨이 막히게 된다.

남의 험담을 하는 것은 백해무익하다는 것을 항상 염두에 둔다.

상대방의 감정을 읽어내는 힘과, 공감능력을 기른다.

착각이나 과잉반응을 하지 않는다.

사람을 돋보기로 관찰하지 않는다.

남에게 심한 일을 당하면 운명이 나에게 빚을 졌다고 생각하고, 행운이라면 내가 운명에게 빚을 졌다고 생각한다.

그렇게 생각하면 운이 없을 때도 낙심하는 일 없이 생활할 수 있다.

최소한 1톤의 소금을 함께 핥아보지 않는 이상 남을 이해하기는 힘들다.

하지만 지나치게 가까워지지는 말 것.

친밀해지다보면 약점을 공유하게 된다.

상대방을 존중하면서 자연스럽게 약간의 빈 공간을 두고 지낸다.

나답게 살면서 남에게도 자신답게 살아갈 기회를 준다.

인간관계를 위한 최상의 특효약은 균형감각을 가지는 것이다.

신용

내가 책임을 질 수 있는 범위 안에서 손해를 최소화하도록 궁리한다.

운명을 좌우할 수 있는 도박은 피한다.

순조로울 때는 본질을 알 수 없다.

역경에 처해서야 비로소 사람의 본질을 알 수 있다.

세상에는 다양한 가치관, 능력, 개성을 가진 사람들이 다양한 속셈으로 움직이고 있다.

사물에는 다양한 국면이 있다는 것을 알고 행동한다.

일단 라벨을 붙여버리면 사람은 좀처럼 변하지 않는다.

100 빼기 1은 99가 아니라 0, 한 번 신용을 잃으면 도미노처럼 빠른 속도로 좌르륵 무너진다.

결과를 남기지 않으면 신용을 받을 수 없다.

인격을 갈고 닦아서 성장하면 변할 수 있다.

이득을 얻고도 손해를, 손해를 입고도 이득을 얻는 경우가 있다.

잔액이 늘어나면 마음이 풍요로워지고, 잔액이 줄어들면
마음이 가난해진다.

32
신뢰관계는

돈이 얽히면 순식간에 무너질 수 있다.

허무한 일이지만 인간은 살아가기 위해서 타인을 잡아먹는다.

자신이 살기 위해서 어쩔 수 없이 배신하는 경우도 있다는 것을 명심해야 한다.

빌려주면 돈도 친구도 잃게 된다.

이성과 정을 혼동해서는 안 된다.

사람은 천사의 마음은 물론 악마의 마음도 함께 가지고 있는 생물이다.

심리적 계약, 심리적 회계를 바탕으로 한 떳떳한 신뢰는 평범한 신뢰보다 훨씬 고차원에 속한다.

신뢰는 그윽한 인간의 향기가 나는 인생의 영양제 역할을 한다.

33
돈

　돈이 가진 최대의 효용성은 시간과 프라이드를 준다는 것이다.

　인생에서 선택할 수 있는 폭이 넓어진다.

　가난은 생활의 색채가 한 가지 색으로 고정되어 버린다.

　좋은 물건, 좋은 사람과 접하는 시간적 여유가 있어야 진정으로 풍요롭다고 할 수 있다.

　돈을 사용하면 시간을 살 수 있고, 돈이 있기 때문에 열리는 문도 있다.

　돈에 관심이 없는 사람은 돈이 가진 진정한 의미를 모르기 때문이다.

　살아있는 돈이라면, 나에게 최고의 환경을 만들기 위해서 돈을 사용하도록 명심한다.

　꿈과 용기와 얼마 안 되는 돈만 있다면 세상이 달리 보일 것이다.

　돈은 제6감이나 다름없지만, 돈이 없으면 다른 5감은 사용할 수 없게 된다.

34
친구

평소부터 자신의 특기를 갈고 닦으면 좋은 친구를 만날 수 있다.

항상 힘이 되는 친구, 좋은 친구는 건강에도 이롭다.

위로 끌어올려줄 수 있는 사람을 친구로 삼는다.

좋은 친구는 내가 부족한 부분을 보충해준다.

친구는 내 삶에 도움을 주는 문이다.

언제든 힘이 들 때 문을 열 수 있도록 가까이에 둔다.

살다보면 비슷한 사람이 모이기 마련이다.

좋은 사람 주위로는 좋은 사람이 모여든다.

긍정적인 사람들과 사귄다.

독이 되는 부정적인 사람은 멀리한다.

나의 밝은 부분도, 어두운 부분도 보여줄 수 있으면 친해진다.

마음을 활짝 열고 좋은 관계를 만들어 나아간다.

농밀하지만 질척거리지는 않는다.

마음의 캐치볼이 가능한 사람을 만나도록 한다.

농밀하지만 질척거리지는 말자

있는 그대로의 나를 보여준다

나답게 마음을 열도록 한다.

마음의 눈, 마음의 귀에 가려진 보물의 존재를 알아차리도록 한다.

올바름보다 행복에 집중한다자.

사람은 각자 자신만의 세계에 살고 있다.

일치하지 않는 부분이 크기 때문에 용기를 내서 한 발자국을 내딛을 수 있다.

나에게 부족한 것, 내가 할 수 없는 것을 도와달라고 한다.

숨기면서 살아가면 그 자리에서는 얼핏 사람을 구한 것처럼 보이겠지만 장기적인 안목으로 보면 사람을 절망에 빠트리게 된다.

허세를 부리지 말고 자연스럽게 탁 털어놓으면 편하다.

솔직하게 사는 편이 강하고 나답게 살 수 있다.

내가 나답게 살지 않기 때문에 문제가 발생한다.

내 생각이 없이 남이 시키는 대로 살면 안 된다.

있는 그대로의 내 모습을 인정한다.

있는 그대로 받아들인다.

좋은 습관은 재능을 뛰어넘고, 어디에 가든 나와 함께한다.

신뢰를 쌓고 쌓아서 내가 현재 처해있는 상황을 똑바로 인식하고 나다운 인생을 산다.

자신의 상황에 맞춰서 최선을 다한다.

36
진정한 나

　본래 나에게 주어진 인생과 천성을, 노력을 통해 최대한 발휘하고 또 발휘하도록 한다.

　눈앞에 주어진 과제를 즐겁게 해결하고 성의를 다한다.

　때로는 게으름을 피워도 내가 선택한 책임감을 자각하여 실행하면 결코 잘못된 인생이 되지 않는다.

　또 하나의 나와 서로 의논하면서 살아간다.

한 번뿐인 인생, 가능성에 걸어본다

정신의 체온을 약간 높인다.

결과를 믿는 사람만이 성공할 수 있다.

준비를 잘 하면 절반 이상은 해낸 것이나 마찬가지다.

고난을 극복해야 '10'이 된다.

고난이 다가왔을 때 힘들다고 물러나면, 아무리 시간이 지나도 '10'을 채우지 못하고 한 자리수의 사람밖에 되지 못한다.

포기하지 않는 강한 의지는 큰 꿈을 이루는 원동력이 된다.

직구로 승부하는 사람일수록 타율이 높다.

하고 싶은 일을 하지 않으면 후회가 남는다.

한 번뿐인 인생, 아름다운 불꽃을 한 방 터트려본다.

무엇을 배워왔는가? 성장의 과정으로 살아왔는가?

방향성을 검토, 확인하면서 최선을 다해본다.

반드시 좋은 길이 열릴 것이다.

인생은 나의 내외(內外)와 교류하는 길이다.

최선을 다해서 살면서 천명(天命)을 기다린다.

38
나를 뛰어넘는 법칙

성공의 80퍼센트는 심리에 의해 결정된다.

자본금이 없어도 비즈니스는 가능하다.

강한 리더십이 필요하다.

인생에 힘을 주는 나만의 세계관을 만든다.

문장의 힘을 기르면 말 하나로 극적인 결과를 올릴 수 있다.

생활에 충실하면 인생의 보람이나 기쁨이 늘어나 나 자신
을 뛰어넘을 수 있다.

운명을 초월하는 나를 만든다.

자신을 개방한다

10년 후에 '이렇게' 되고 싶다면 지금 '이것을' 해야 한다고
밝게 밀고 나아가는 게 필요하다.

희망은 성공의 씨앗, 낙관은 성공의 친구다.

어떤 일도 마음가짐과 사고방식에 따라 사물을 보는 방법
이 변하게 된다.

마음가짐이 좋은 음식보다 발생하는 에너지가 크다.

문어 잡이 항아리 같이 아무것도 하지 않고 결과를 바라는
사람이 되지 않도록 가끔 마음을 씻어준다.

마음에 벽을 쌓아 폐쇄적인 사람이 되면 빛날 수가 없다.

자신감은 최고의 자양강장제라 여기고 마음의 문을 하나
씩 열어간다.

마음의 문을 하나씩 열어 자신을 개방하면 마음이 평온해
진다.

고난이 다가왔을 때 힘들다고 물러나면, 아무리
시간이 지나도 '10'을 채우지 못하고 한 자리수의
사람밖에 되지 못하다.

한 번뿐인 인생, 가능성에 걸어보자

40
자립

　행복의 문을 열기 위한 자립을 하려면 경제적, 정신적인 요소가 해결되어야만 한다.

　자기중심적인 편견, 교만함, 책임전가는 마음을 약하게 만들어 마음의 병을 부른다.

　남에게 너무 의지하다가 시기와 책임전가만 하게 되면 사태가 결코 호전되지 않는다.

　교만이 강하면 내가 놓인 상황이 보이지 않게 된다.

　상대방의 자립을 있는 그대로 인정하고, 자신의 장점을 잘 활용하면 인생을 쾌적하고 즐겁게 살 수가 있다.

자기실현

자기결정의 선택으로 운명이 변한다.

선택하기 위해서는 주변 상황과 자신의 입장 등 여러 요소를 함께 모아 재구성하는 종합력이 필요하다.

종합력은 자신만의 논리뿐만 아니라 객관적인 사실의 축적이 중요하다.

종합력은 직감력의 강화로 이어진다.

지금 나의 말과 행동이 운명을 결정한다.

자기실현을 하기 위해서는

상황에 대한 통찰력, 판단력으로 문제를 해결하는 힘을 기른다.

사람을 볼 줄 아는 눈, 무엇보다 나 자신을 잘 파악할 필요가 있다.

나를 둘러싼 환경이 좋지 않더라도, 내 힘으로 환경을 개선할 수 있는 지혜를 짜낸다.

힘이 부족하면 주위의 협력을 받아 개선하도록 한다.

책임감 있는 행동, 사명감으로 뒷받침된 정열은 보답을 받는다.

자기실현에 뜻을 둔 사람은 결국 정신적으로 충실하기 때문에 행복해진다.

자신만이 승부할 수 있는 것을 가지고, 자신만의 재능을 자기만족을 위해서 소비하지 말고 키워나간다.

나의 재능을 누가 가장 잘 알고 있는지, 누구에게 맡기면 좋을지 판단할 필요가 있다.

　자기실현까지는 여러 개의 문이 있는데, 함정에 빠져서 문
을 열지 못하면 자기실현은 어려워진다.

　성공한 사람들이 보통 사람들보다 뛰어난 재능은 행동을
일으키는 능력이다.

　서두를 필요는 없다.

불가능을 가능으로 만드는 요령

마음이 맞든 안 맞든 상대방을 좋아하려고 노력한다.

올바른 언동, 장점, 노력 등을 있는 그대로 칭찬한다.

상대방의 가족에 대한 배려를 잊지 않는다.

나와 의견이 다른 사람에게는 애매한 의견을 내세우지 말고 논리적인 의견을 주장한다.

인간적으로 신뢰를 받을 수 있도록 노력한다.

내 생각이 이치에 맞는지 다른 사람에게 객관적인 의견을 구해본다.

성공은 서두르지 않는 사람에게 찾아오는 법이다.

마음이 평화로우면 욕망, 소망, 불안에 사로잡히지 않는다.

불가능한 이유를 자꾸 늘어놓지 말고 어떻게 하면 가능해질지를 생각하고 행동한다.

중요한 것은 '불가능'보다 '가능'이다.

집중력이 높으면 목표에 도달하기가 쉬워진다.

남에게 보답할 수 있는 여유도 생겨난다.

44
이상, 비전, 신념을 가진다

단순히 알고 있거나 좋아하는 것이 아니라 진심으로 즐길
수 있는 것이 가장 중요하다.

경제적, 정신적인 자아정체성을 확립한다.

한 번뿐인 인생에서 나를 돌아보고 여러 각도에서 사물을
본다.

명확한 목표를 설정한다.

높은 기상을 품으면 하늘도 도와준다.

좋은 인생을 쌓아나갈 수 있다.

45
판단의 기준

    꼼꼼히 조사해 보고 60퍼센트는 옳다고 생각되면 즉각 결정한다.

    모래를 헤아리지 않는다.

    자연의 원리원칙에 비추어 판단한다.

    세상의 잣대로 싸우지 않는다.

    올바른지의 여부보다 '행복'에 집중한다.

    사람은 각자 자신만의 세계에 살고 있다.

    자기중심적인 사람은 판단능력이 없는 사람이다.

    지식이 없으면 판단할 수 없다.

    쓸데없는 생각에 사로잡혀 있으면 정확한 판단을 내릴 수 없다.

    판단을 망설이는 상황에 부딪쳤을 때 올바른 방향으로 이끌어주는 것은 이념이나 비전이다.

46
결단력

실행하기 전에 적확한 판단인지 어떤지 잘 살펴본다.

객관적인 입장에서 생각하는 습관을 기른다.

해야 할 일을 한 후에는 운을 하늘에 맡긴다.

큰 결단을 내릴 때는 반드시 망설이게 된다.

그런 망설임을 버려야 큰 결단을 내릴 수 있다.

플러스 사고방식

적극적이고 건설적인 태도

감사하는 마음

서로 돕는 협동심

긍정적인 선의로 가득한 배려

밝고 다정한 마음

아낌없는 노력

올바른 마음

즉흥적인 발상은 마음의 어딘가에 응어리를 남긴다.

플러스 사고는 어려운 문제를 해결해준다.

　나쁜 상상을 하는 것만으로도 잘 풀리던 일이 엉망이 될

수 있다.

48
준비

마음에 안전벨트를 맨다.

목표가 보이면 지친다.

달성할 수 있는 범위 내에서 최선을 다하고, 납득할 수 있는 답을 발견한 다음 목표를 설정한다.

우선, 목표를 찾아낼 수 있는 환경을 만든다.

진심으로 전력을 다 할 수 있는 환경을 주도면밀하고 대담하게 구축한다.

준비만 하다간 시작도 하기 전에 인생이 끝난다는 것을 잊지 않는다.

철저하게 준비하면 목표의 절반을 달성한 것이나 마찬가지다.

'준비 완료'라고 방심하지 말고 재확인하자.

낙관적인 구상, 비관적인 계획, 모든 리스크를 상정하여 신중하면서도 세심한 주의를 기울인다.

낙관적이지만 엄밀하게 계획을 짜서 실행한다.

사람의 뇌에는 자동 목적 달성 장치가 달려있다.

아이디어를 내서 행동한다.

준비가 소홀하면 모처럼의 기회를 놓쳐버린다.

장래의 '경력'을 고려하여 꼼꼼하게 디자인하면 희망과 자신감을 가질 수 있다.

좋은 결과는 준비에서 시작된다.

놀라운 변화에 대비한다.

변화를 예기해본다.

피할 수 없는 고난이 다가왔을 때 변화를 호기로 바꿀 창조성, 신속성이 필요하다.

49
현재

오늘의 나는 어제까지의 내가 낳은 결과물이고, 내일의 나
는 오늘부터 내가 낳을 결과물이다.

그때그때 내가 놓인 입장에서 변하는 것과 변하지 않는 것
을 파악해둔다.

'중앙'을 아는 것부터 시작한다.

'무엇을 위해서'인지 생각의 근원을 바라본다.

현실이 만드는 것은 미래이고, 미래를 만드는 것은 신념
이다.

미래에서 돌아보고 무엇을 해야 할지 생각하여 도전한다.

과거의 연장이 아니라 미래의 모습을 구체적으로 그려본다.

주위를 풍요롭게 만드는 것이 최고의 사회공헌이다.

타인을 용서하는 것은 나를 용서하는 것이다.

나의 가장 큰 장점을 살려서 자기의 생활을 지킨다.

50
욕망

사람은 나에게 없는 것을 구한다.

마음을 기댈 곳을 구한다.

나답게 살면서 다른 사람들과 건전한 행복을 나눈다.

자기중심적인 욕구와 행복을 혼동하지 않는다.

자발적인 목적과 수단을 구별한다.

무한한 욕망을 만족시키기 위한 목적이 없는 행동이 합리
화 되어서는 안 된다.

분수를 알아서 이기적이지도 탐욕적이지도 않게 행동한다.

나의 욕망을 봉인해도 행복감은 생기지 않는다.

포기해버리는 순간 불행한 사람이 된다.

나의 욕망을 숨기면 불행해진다.

있는 그대로 받아들이는 마음을 기른다.

다른 사람들과 함께 나누는 감정을 가진다.

자기중심이 아니라 문제중심으로 살아간다.

욕망만 앞세우면 사람이 다가오지 않는다.

올바른 욕망은 평화로운 욕망이며 필연적인 욕망이다.

희망은 뜻밖의 장소에서 찾게 된다.

51
희망

미래를 전망하여 이상을 높이 치켜 세우도록 한다.

미숙해도, 불완전해도 좋다.

전략을 세운다.

차근차근 실행한다.

높은 희망은 불만을 낳기 쉬우니 주의하도록 한다.

60~80퍼센트면 충분하다고 여유를 가지면 유연성이 생겨 난다.

손해를 보는 같아도 결국은 자기실현을 통해서 이룰 수 있다.

인간의 뇌에는 자동목적달성 장치가 달려있다.

통찰력을 가지고 현재 상황을 분석해서 내가 살고 있는 세계를 아는 것이 중요하다.

나와 관련된 사람들을 알고 겉과 속의 본질을 파악한다.

희망은 뜻밖의 장소에서 찾게 된다.

52
노력

나를 향상시키고 성장시키기 위한 노력은 필연적으로 행운을 가져다준다.

지금 해야 할 일은 반드시 지금 하고, 밝은 마음으로 최선을 다한다.

끈기 있게 밀고 나가면 언젠가 반드시 길이 열린다.

정직한 마음으로 평생 흘린 땀을 믿으면 길은 열리게 마련이다.

잠재능력을 끌어내어 노력하다 보면 언젠가 보상을 받을 때가 온다.

작은 달성이 차근차근 쌓이면 큰 자신감을 손에 넣을 수 있다.

끝까지 노력하지 못하는 원인은 의지가 약해서가 아니라 목표를 정하는 방법을 모르기 때문이다.

노력하는 것이 괴롭게 느껴질 때는 '방향'을 잘못 잡았다는 뜻이다.

평상시에 땀을 흘려두면 전시에 당황하지 않는다.

계속하는 것이 힘이 되어 행동을 일으키면 기회가 찾아온다.

어떤 사람이든 10년간 노력하면 일류가 될 수 있다.

하면 된다.

안 하면 되지 않는다.

무슨 일이든 도전 없이는 성장도 없다.

종이 한 장 차이의 노력이 언젠가는 커다란 차이를 만든다.

53
고생

밑바닥에 힘을 축적하면 인생은 호전된다.

고생이나 스트레스를 영양분으로 삼아 생생하게 생활을 즐기도록 한다.

시련은 나를 강하게 하는 신이 내리는 시험이다.

역경은 나를 갈고 닦는 하늘이 주는 기회다.

어떤 역경이든 냉정하게 판단하고 대처할 수 있는 인간이 되도록 한다.

54
신(神)

신은 인간을 만들 때 완벽하게 만들지 않고 빈 공간을 두셨다.

인간은 남은 공간을 채우기 위해, 스스로 운명을 성취하기 위해서 태어난 것이다.

운명은 우연의 산물이 아니라 어떤 법칙일지도 모른다.

눈에 보이지 않는 질서일지도 모른다.

양심, 자연의 섭리, 감성 그대로의 소박함, 단순한 플러스 발상으로 살아 가도록 한다.

우주의 섭리를 알고 나의 인생을 객관시하는 태도를 기른다.

하늘은 착실하게 노력하는 사람을 반드시 지켜보신다.

인간의 뇌 속에는 신이 있다.

기도하는 마음이 있기 때문이다.

인간의 운명을 좌우하는 것은 약간의 우연이다.

알 수 없는 인연에 이끌려서 자연히 그렇게 된 경우가 적지 않다.

위대한 존재를 느낄 때가 있다.

신의 절대능력을 느낄 때가 있다.

인생의 터닝 포인트에는 응어리가 없는 마음으로 믿고 몸을 맡긴다.

자연스럽게 흘러가면서 신의 뜻을 기다린다.

나에게 부족한 부분, 못하는 부분은 도움을 받도록 한다.

55
지혜

장점과 단점을 모두 통틀어서 알고 활용하면 살아가기 쉬워진다.

강점을 살리는 한편 약점도 파악하여 유연하게 살아간다.

생각을 짜내면 강해질 수 있다.

나에게 부족한 부분, 못하는 부분은 도움을 받도록 한다.

잘 할 수 있는 일을 한다.

이성적으로 생각하기보다는 지름길의 발상을 한다.

지혜를 가지는 것은 가장 뛰어난 능력이다.

다윈은 '살아남은 씨앗은 가장 강한 것도 가장 지적인 것도 아닌, 가장 변화에 잘 적응한 씨앗'이라고 말했다.

자신의 약점을 극복하는 것이 살아간다는 것이다.

궁지에 처했을 때 지혜가 나온다.

곤란할 때 비상버튼을 누르면 지혜가 튀어나온다.

시기와 운

내 노력으로는 붙잡을 수 없다.

타인이 나눠주는 것이다.

혼자서 노력하고 혼자서 필사적으로 발버둥 치면 우울증과 비슷한 번아웃 증후군(Burn-out Syndrome)에 빠지게 되는 경우도 있다.

성공하려면 나 이외에 다른 힘이 필요하다.

고립되면 마음의 병에 걸린다.

운을 불러들이려면 인내심이 필요하다.

변화를 두려워하지 않는 자세가 운을 부른다.

가슴에 사명감을 품고 정열적으로 착수하면 재수나 운을 불러들이기 쉽다.

마음의 태세는 어떻게든 바꿀 수 있다.

운이 좋은 사람은 강한 신념을 가지고 수많은 희생을 치르며 끈질기게 노력해온 사람이다.

내 체면보다 지금 해야 할 일에 집착하면 운은 잡기 쉬워진다.

가지고 있는 힘을 전부 발휘하면 운이 높아진다.

행운이 찾아오지 않을까 기대하는 마음이 없으면 운을 잡을 수 없다.

운이 좋은 사람은 인생의 전환기에 자기 자신을 원활히 변화시킬 수 있는 사람이다.

염치없는 생각을 하면서 버티고 서서 현재를 바람직하게 만들면 된다.

운이 강한 사람은 운이 좋을 때 그 운을 충분히 활용할 수 있는 사람이다.

소소한 일을 대충 처리하면 운이 달아난다.

운은 누구나 가지고 있다.

문제는 그 운을 활용하는 방법이다.

57
기회

비관적인 판단은 기회를 놓치게 만든다.

최초의 한 발자국만 내디디면 강하게 살아갈 수 있다.

기회는 기다린 만큼 금방 알아차릴 수 있다.

기초를 다질 때 큰 돌을 넣지 않으면 나중에 그것을 넣을 기회는 없다.

불만, 반발의 에너지는 기회를 잃게 만든다.

자학적인 행동을 간파하여 해결책을 내놓는다.

자존심이 지나치게 세거나 고집이 세면 기회를 놓친다.

나중에 다 갖추고 나서 하려는 신중함 때문에 기회를 잃을 수 있다.

나의 현실을 모르면 여태까지 배운 것이 다 소용없어진다.

직감력을 기르면 기회가 찾아왔을 때 내버려둘 수 없다는 것을 알 수 있다.

하늘에서 내려온 하나의 줄로 인해 내 마음 어딘가에서 기적을 불러일으키는 힘을 발견하게 된다.

비관적인 판단은 기회를 놓치게 만든다.

58
성장

나를 버리는 용기를 가지고 변화하는 것이다.

과거의 나를 버려야 비로소 새로운 나를 얻을 수 있다.

변화하면 인격을 갈고 닦을 수 있다.

신진대사가 없는 정신구조는 성장을 저지할 지도 모른다.

육체의 목소리, 영혼의 목소리를 듣는다.

이만큼이면 충분히 성장했다고 생각하면 '끝장'이다. 그런 생각은 죽기 직전에나 하도록 한다.

적응해버리면 성장이 멈춘다.

잠재능력을 지금 발휘하도록 한다.

커다란 고비, 인생의 분기점을 소중히 한다.

변화를 성장으로 연결시키도록 한다.

나를 변화시키는 '서바이벌' 능력을 키운다.

인생은 나를 성장시키는 과정이다.

3보 전진, 2보 후퇴를 반복하며 버드나무에 부는 바람처럼
유연하게 극복한다.

역경이야말로 사람을 성장시킨다.

환경이 갖추어지면 자연스럽게 성장할 수 있다.

꾸준히 성장하는 사람을 이기는 사람은 없다.

인생의 의욕을 높여주는 현명한 배려가 필요하다.

59
한 명

홀로 서있는 연필은 바람이나 진동에 바로 쓰러진다.

쓰러지지 않으려면 마음의 지주를 만들어 저변을 확대한다.

행동성

사회성

신뢰성

전문성

개인적인 매력이 중요하다.

나 자신만 의지해서는 부족하다는 것을 알아야 한다.

마음의 문을 닫고 내향적이 되지 않도록 주의한다.

60
스트레스에 잘 대처하는 법

기운을 소모하지 않도록 성격을 개조한다.

무언가를 하고 싶어 하는 마음을 소중히 한다.

취미를 가진다.

결단력을 기른다.

책임감을 가진다.

남과 적당한 거리를 두고 남의 말에 휘말리지 않도록 한다.

자기중심을 세운다.

내가 정답이 아니다.

너도 정답이 아니다.

그것이 정답이다.

객관성을 잃지 않는다.

스트레스를 에너지로 바꾼다.

스트레스가 없는 사람이 있다면 천연기념물이 될 것이다.

61
균형

무슨 일을 하든 성공하는 사람에게는 공통점이 있다.

처칠은 '인간은 완벽을 바라면 마비가 온다'고 말했다.

균형만큼 인생에 중요한 것은 없다.

상황이 어수선할 때는 머리가 좋은 사람의 힘을 빌린다.

복잡하게 분산된 상황에서 세밀하게 전체상을 구축하는 사람은, 업무는 물론 모든 일을 잘 해내는 조절 능력이 있다.

선악 판단을 적절하게, 남의 공감시키는 힘, 융통성이 있는 사람은 마음을 일깨워준다.

비상시에 비상한 사람은 인간문화재급이다.

머리가 좋은 사람

지금까지 아무도 생각하지 못했던 새로운 발상을 할 수 있는 사람.

미지의 문제를 만났을 때도 해결책을 고안해낼 수 있는 사람.

우선순위를 아는 사람.

남을 감정(鑑定)할 줄 아는 사람.

르네상스적인 만능형 교양인.

뇌 안에 도서관이 있는 사람.

고성능 '안테나 센서'를 가진 사람.

코페르니쿠스적인 전환이 가능한 사람.

남의 말을 경청할 줄 아는 사람.

사고 모드 스위치(ON, OFF)의 전환이 일급인 사람.

이해력이 있는 사람.

63
어른

마음의 방향성을 맞출 줄 안다.

남의 의견에 귀를 기울인다.

단순히 받아들여서도, 무심히 흘려버려서도 안 된다.

소통이 가능해져야 비로소 어른이 된다.

비효율적인 벽을 부수고 에너지를 이끌어내는 사람.

바람이 잘 통하도록 가르쳐주는 사람.

무형자산을 늘리는 능력을 가진 사람.

양보다 질을 중요시 하는 사람.

지혜주머니 같은 사람.

마음이 굳건하고, 걸어 다니는 신경안정제 같은 사람.

경력 쌓기에 필요한 힘

현장력: 내 눈으로 현실을 아는 힘.

표현력: 내 의견을 상대방에게 전하는 힘.

시감력(時感力): 시간을 효과적으로 사용하는 능력.

당사자력: 나라면 어떻게 할까?

직관력: 사물을 전체적으로 보고 핵심이 되는 부분을 간파하는 힘.

존재감을 드러내기 위해서는 돌출된 전문성, 유연하게 대응할 수 있는 즉응력(卽應力)이 요구된다. 자기소개를 20초 내에 할 수 있도록 한다.

다양한 입장의 사람들과 의견을 교환하기 때문이다.

캐치볼이 많을수록 확실한 업그레이드가 가능해진다.

여러 가지 전문성을 갖춘 사람, 프로젝트를 관리하고 미래를 예측할 수 있는 사람, 책임감 있게 맡은 바 임무를 완수할 수 있는 사람이 필요하다.

논리와 윤리, 그리고 정열도 필요하다.

투명한 마음이 열쇠인 기본 스탠스를 가지고
대인관계를 활용하여 사명을 달성할 수 있는 사람.

65
리더의 자질

폭넓은 견식으로 뒷받침된 명확한 비전.

확고한 신념으로 뒷받침된 실천력.

사심 없는 투철한 판단력.

투명한 마음이 열쇠인 기본 스탠스를 가지고 대인관계를 활용하여 사명을 달성할 수 있는 사람.

높은 곳에서 사물을 내려다볼 때 색다른 풍경이 보이는 사람.

시좌(視座), 시야(視野), 시점(視點)을 가진 사람.

사람은 지위가 높아질수록 머리를 숙일 일이 많아진다.

66
아이디어

새로운 아이디어는 '빌려와서 조립'하는 과정에서 태어난다.

무엇보다 초기 발견이 중요하고 안심감의 수준이 달라진다.

사람들이 바라는 것을 선취하는 정신이 필요하다.

예상조차 하지 못할 뛰어난 물건이나 서비스를 제공함으로서 새로운 가치를 창조할 수 있다.

아이디어는 최초의 발견자가 아니라 처음으로 가치를 찾아낸 사람의 것이다.

폭 넓은 견식이 가능성을 꿰뚫어본다.

아이디어는 말을 꺼낸 사람이 아니라 실현한 사람에게 공적이 돌아간다.

실현되지 않은 아이디어는 아이디어라고 부를 수 없다. 단순한 망상이다.

아이디어로 인한 화학반응으로 우연이 우연을 부른다.

평소에는 사용하지 않는 뇌를 특별히 사용해본다.

아이디어를 짜냈으면 행동에 옮긴다.

어떤 일에 파고들어 밝혀내는 수직적인 사고보다 다양한 시점에서 생각하는 수평적인 사고가 아이디어를 쉽게 만들어낸다.

다양한 사고방식을 흡수한 다음 내 생각을 굳히면 새로운 아이디어로 연결된다.

67
성공

성공이란 가치가 있는 이상이나 목표를 단계적으로 실현하는 일이다.

믿고 있는 길을 걸으면서 노력하는 모습, 그 자체가 성공일 수 있다.

성공은 도움을 청할 수 있는 사람에게 찾아온다.

자진해서 기회를 선취하고 승리에 대한 집착심이 골로 이어진다.

사고방식 + 열의 + 능력 = 결과

하나를 달성하면 새로운 목표와 과제가 보이게 된다.

성공에는 좋은 성공과 나쁜 성공이 있다. 시간이 말해줄 것이다.

할 일을 했다는 기분이 남도록 한다.

필요조건을 갖추고 축적된 노하우를 활용한다.

성공의 3원칙

꿈 – 세상을 위해, 타인을 위해

회계 – 부지런히 일해서 벌어들였나

재치 – 즐겁고 재미있나

68
실패

실패하더라도 거기에 반성이 생긴다.

반성하면 새로운 테마가 생긴다.

거기에서 성공을 향한 노력이 시작된다.

잘 생각한 뒤 도전하면 실패했을 때 과제가 발견된다.

인간은 위기상황에 직면하지 않으면 진실을 볼 수 없다.

균형 있게 날을 갈아서 나를 키우고 만든다.

실패란 머리를 더 써서 재기할 기회에 불과하다.

좌절하고서야 비로소 보이게 되는 일이 있다.

목표와 다른 결과가 나오더라도 실패했다고 낙담하지 말고 다른 가치를 발견하도록 한다.

시행착오를 통해서 성공의 패턴이 보이게 된다.

다음에 도전할 때는 집중력이 달라진다.

마음가짐으로 채널을 바꾼다.

인생은 변할 수 있으니 우물쭈물할 필요가 없다.

변화를 두려워하지 말고 대담하게 나를 바꾸어 나아간다.

실패를 두려워하다가 더 큰 실패를 하지 않도록 조심하도록 한다.

실패는 기록이다.

새롭게 도전하는 곳에서 자신을 질타, 격려하면 새로운 한 발자국을 내딛을 수 있다.

경험이나 실패를 어떻게 활용할 것인가?

나를 버리고 객관적으로 본다.

나를 조정할 때에는 조금 떨어진 장소에서 현재의 나를 생각해 본다.

그렇게 하면 직면하는 사건이나 실패를 객관적으로 생각할 수 있다.

69
벽에 부딪쳤을 때

더는 아무 것도 할 수 없을 때까지 최선을 다 했는가?

신뢰할 수 있는 사람에게 허심탄회하게 상담한다.

그래도 벽이 사라지지 않는다면 과감하게 환경을 바꾸어보는 것도 필요하다.

'마침표'라고 생각하고 포기하는 것이 아니라 '쉼표'라고 외치며 앞으로 나아간다.

환경은 끊임없이 변해가는 것이다.

지금 일어나고 있는 일

반드시 출발점이 있다.

흐름을 더듬어 올라가보면 잊고 있던 일들이 보일 것이다.

과거를 바라보면 불합리하다고 단언할 수 없을지도 모른다.

나에게 유리한 일만 선택할 수 있는 시대가 아니다.

최적은 아니더라도 만족 가능한 선택을 한다.

무슨 일이 일어나도 대처할 수 있는 힘

이해력.

디자인력.

관리력.

뼈대를 바꿀 수 있는 방책의 힘이다.

막판의 강인함은 성장의 원동력이 된다.

새로운 무대의 개척으로 이어진다.

비효율적인 벽을 부수고 에너지를 끌어낸다.

하는 대로 되기 마련이다.

마음의 지능지수를 높인다.

무리하게 자신의 방정식을 만들지 않는다.

악순환의 지옥에 빠지지 않도록 한다.

무슨 일이 일어나도 대처할 수 있는 힘

마음의 지능지수를 높이자.

72
고난극복

모든 일을 너무 심각하게 생각하지 않도록 한다.

모든 일과 나 사이에 적당한 거리를 둔다.

불안이 걱정으로 변하면 안 된다.

나를 크게 키워서 극복한다.

스스로 문제점을 해결하기 위해서는 다른 시점에서, 다른 방법으로 시도해본다.

일단 생각하고 행동하다보면 해결의 실마리가 보인다.

마음의 차원을 바꾸도록 한다.

인식을 달리해서 보면 눈앞의 문제가 움켜쥔 주먹을 펼치듯이 풀리기 마련이다.

현재의 불행도, 재난도 일시적인 것이다.

마음을 어떻게 가지는가에 따라 멋진 인생이 펼쳐진다.

타고난 자질도 갈고닦지 않는 이상 빛나지 않는다.

곤란한 상황을 이겨내면 자신의 꽃을 피우게 된다.

나를 성장시킨다.

슬럼프는 발사 직전의 화살이다. 힘이 가장 많이 모여 있
을 때이다.

73
우선멈춤

현재를 열심히 살아가는 것은 물론, 도대체 무슨 일이 일어나고 있는지, 앞으로 어떻게 해야 하는지, 언젠가 자신이 상처받을 일을 하고 있지 않은지, 외부에서 나 자신을 살펴보는 것이 중요하다.

앞날이 불안하다면 '또 하나의 나'의 자신을 만든다.

74
고민

무슨 일이든 혼자 끌어안고 있으면 좌절하게 된다.

주위의 조력이나 지원이 있기 때문에 끝까지 노력할 수 있는 것이다.

과감하게 상대의 품으로 뛰어들면 활로가 열린다.

뭐든지 너무 심각하게 생각하지 않는다.

괴로움이 눈덩이처럼 커질 뿐이다.

인생은 80퍼센트만 성공해도 충분하다.

100퍼센트를 추구하면 반드시 어딘가에서 무리가 생긴다.

마음에 쓸데없는 부담을 주지 않는다.

채널을 조금 바꾼다.

누구나 빼지도 박지도 못하는 경우가 생기게 마련이다.

75
오해

그럴지도 모르고 그렇지 않을지도 모른다는 것을 잊지 않는다.

모르는 게 좋은 일도 있다.

오해를 풀어야 강한 사람이 될 수 있다.

오해를 푸는 것은 소심해지는 것이 아니다.

고정관념은 먹구름 같은 것이다. 먹구름이 짙어지면 어두워진다.

먹구름을 뚫고나가야 밝은 하늘이 나온다.

나에게 유리한 오해는 하지 않는다.

지레짐작하는 것은 오해가 앞서면 모든 가능성이 파괴된다.

작은 오해를 버리면 인생은 놀랄 만큼 호전된다.

마음의 벽이 있기 때문에 불가능하다고 판단하는 것이다.

영혼이 파산상태면 진실을 보는 눈이 흐려진다.

'생각이 현실화'되는 것을 바라지 않는다면 농담으로도 말하지 않는다.

충격요법으로 정신을 차리고, 오해하지 말고 생각한다.

사물을 보는 법, 생각하는 법, 조절감각, 자신다움, 소통,
인간관계가 균형 있게 작용하고 있는지 체크해본다.

마음의 브레이크를 풀면 원활해진다.

기분이 좋게 하려면 몸을 움직여야 한다.

타인의 감정은 시시각각 변화한다.

괴로워한 만큼, 인내한 만큼 인생의 폭은 넓어진다.

인생을 지나치게 중요하고 고지식하게 생각하면 아쉬움이
남게 된다.

나를 소중하게 여긴다.

정신적인 독은 마음의 독이 된다.

골고다 언덕(시련의 시간)에서 보내는 시간이라도 생각한다.

아침이 밝아오지 않는 밤은 없다. (셰익스피어 작 '맥베스' 중)

오해

그럴지도 모르고 그렇지 않을지도 모른다는 것을 잊지 말자.

모르는 게 좋은 일도 있다.

고정관념은 먹구름 같은 것이다. 먹구름이 짙어지면 어두워진다.

지레짐작하는 것은 오해가 앞서면 모든 가능성이 파괴된다.

'생각이 현실화'되는 것을 바라지 않는다면 농담으로도 말하지 말자.

충격요법으로 정신을 차리고, 오해하지 말고 생각하자.

77
내가 싫어질 때

인간만사 새옹지마(人間萬事 塞翁之馬)라고 생각한다.

낙심하거나 실패했을 때 현재의 상황에 매달리지 않는다.

부정적인 감정에 져서 자포자기하게 된다.

표면적인 자존심을 버리고 다음을 향해서 눈을 돌린다.

나를 버려야 새로운 나를 얻을 수 있다.

나를 변화시키는 것이 중요하다.

나 자신을 바꿀 용기가 필요하다.

마음이 즐거운 일들로 가득 차면 불쾌한 감정이 들어올 수 없다.

잠재적인 불만은 '마그마' 상태가 되므로 주의한다.

자기부정이 심하면 '자연스러운 흐름'에 몸을 맡길 수 없고, 운명의 파도에 올라타기 힘들어진다.

잘못된 판단은 치명상이 된다.

나를 관대한 눈으로 다정하게 바라보며 편안한 마음을 갖는다.

현실의 자신을 잘 다스리며 되도록 낙천적으로 살아간다.

두뇌를 개혁하여 새로운 에너지가 만들어내도록 한다.

좌절감이나 불행감은 내 마음이 만들어내는 것이다.

'나는 이렇다'고 분석할 수 있는 것이 중요하다.

고통은 과정에 불과하다.

언젠가는 다 해결된다.

인과응보

느닷없이 하늘에서 내려오거나 땅에서 솟아나지 않는다.
DNA의 이중나선처럼 운명과 꼬여있다.
인과응보(因果應報)는 이기는 운명의 법칙이다.
내 주위에서 일어나는 일은 전부 내가 불러들인 것이다.
좋은 일만 일어나길 원한다면 내 수준을 끌어올린다.
내 수준이 올라가면 원하던 것이 스스로 나에게 다가온다.

고민을 털어놓을 때

어떤 상대를 선택하는지가 중요하다.

사람을 가리지 않고 털어놓으면 말이 전달되는 동안에 살이 붙어서 갈수록 진의에서 멀어지고, 오히려 내 마음에 상처를 주는 씨앗을 늘리는 결과가 된다.

아직 걸음마도 제대로 못하는 언니가 어린 여동생의 손을 잡고 길안내를 하는 셈이 되지 않도록, 털어놓아도 괜찮은 사람인지를 파악한다.

구두 위로 가려운 부분을 긁지 않도록 주의한다.

누군가를 전적으로 의지하는 것이 아니라 도움을 받는다.

진정한 마음의 평화는 정면으로 부딪치지 않으면 해결이 안 된다.

먼저 살아갈 의미를 생각하고, 문제를 생각하는 것은 그 다음이다.

건강

사람은 마음에도 감기가 걸린다.

가장 잘 듣는 약은 머릿속을 건강으로 가득 채우는 것이다.

그것은 신념과 자신감이다.

오늘을 위해 정열을 품고, 내일을 위해 목적을 품고 살아
간다.

자신의 분노는 반드시 본인에게 돌아온다.

과한 고민은 인생의 브레이크가 된다.

마음속을 환기시킨다.

사람은 건강해야 인생을 100퍼센트 이상 즐길 수 있다.

첫째도 건강, 둘째도 건강, 그 밖의 것은 셋째이다.

어쨌든지 건강!

81
감사

주위의 모든 것에 감사하며, 은혜 갚는 것을 잊지 말고 살아간다.

어떤 경우에도 솔직하게, 나의 미숙함을 알고 살아가는 것을 인생의 지침으로 삼는다.

과거에는 감사를, 현재에는 신뢰를, 미래에는 희망을 품고 살아간다.

산에서 무엇이 나는지, 밭에서 무엇이 나는지도 모르는 제가, 책의 여신의 인도로 세상의 빛을 보게 된 것을 한없이 기쁘게 생각합니다.

이 책을 통해 젊은 후배들이 자신을 재발견하는 계기가 되어 조금이라도 도움이 된다면 인생의 선배로써 보람을 느끼게 되겠지요.

모두가 인생을 보다 더 밝고 재미있게, 그리고 하루하루 충실하고 최고의 인생을 살아가기 바랍니다.

청어출판사의 방세화 편집장을 비롯한 직원들, 특히 이우재 님, 존경하는 박찬식 대선배님, 그리고 유형무형의 따뜻한 손에 깊게 감사드리면서…….